兒童生命教育圖畫書

特別的你
·
特別愛你

1

# 再見了！我的貓咪小狗

一個哮喘孩子的故事

文：Helena Kraljič　圖：Maja Lubi

新雅文化事業有限公司
www.sunya.com.hk

# 編者的話

我們都知道世界上有着各種各樣的人，包括不同年齡、不同性別、不同膚色、不同國籍……同時也有着不同性格以及能力。有些孩子一出生便因為一些狀況，比如兒童常見的哮喘，又或是讀寫障礙、自閉症和唐氏綜合症等，而有着與別不同的外表、行為或身體局限。他們在成長路上，可能要面對比一般人更多更大的挑戰，也因此需要更多的關懷、照顧和支持。

《特別的你·特別愛你》系列故事的主角均是有着不同特別需要的孩子。作者以淺白、溫馨而寫實的筆觸寫出主角們在生活中遇到的不同挑戰，期望通過這些故事，激發大眾抱持更理解和開放的態度，接納這羣有特別需要的孩子，為他們和他們的家人帶來溫暖的鼓勵和支持。

我們每個人都是不
一樣的獨特個體，但我們都一
樣值得被尊重和愛護，就讓我們一起
創造一個平等共融的社會，一個更豐富、
更美麗的世界。

我叫乔治。

雖然我沒有兄弟姊妹，

但我有**很多朋友**。

和阿力一起時，我們會踢足球。

阿添和我會堆砌巨大的城堡。

而妮妮就會帶我去她的家，

那裏有世上最好吃的雪糕。

我有一隻小狗叫塔拉和一隻貓咪叫貓王。

我很愛很愛牠們。

牠們兩個也很愛很愛很愛我。

我隨時想摟着牠們都可以。
牠們從不會對我生氣，永遠聽我的話！

「喬治，快來吧！我們要遲到了。」

一把不耐煩的聲音在叫喚我。

那是我的媽媽，
我們正趕着去看醫生。

因為最近我經常咳嗽，

也有點呼吸困難和氣喘，

而且有時胸口還會有壓迫感。

不過我不怕醫生，
他們都很友善的。

「你看！」我們到了醫生那裏做過敏測試，醫生指着我的手對媽媽說。

「你的兒子對灰塵，還有貓和狗的毛髮會過敏……」

媽媽歎氣道：「但我們家裏有一隻貓和一隻狗，

一定要把牠們送走嗎？」

「我恐怕你得這樣做。」醫生點點頭說。

接着他轉向我，對我解釋：「喬治，你會氣促和胸口不適，表示你的氣管正在發炎，這種情況叫做哮喘。那是因為你對動物的毛髮過度敏感……

我建議你們
把家裏的貓和
狗送走……」

我生氣得瞪了瞪醫生，然後回頭用懇求的眼神看着媽媽，説：「媽媽，跟他説他是錯的！告訴他塔拉和貓王什麼地方都不會去！」

可是媽媽只是保持沉默，她輕輕地搖了搖頭，淚水馬上湧出我的眼睛。

「我愛塔拉和貓王！」我放聲大喊。

在回家的路上，我一直盯着地面。
媽媽給我解釋説：「醫生給了我們一些藥。

除了服藥外，你一定要避免接觸貓狗，不然你的身體不會好起來。」

15

當我們回到家，
我立刻蹲下來抱着塔拉和貓王。
媽媽看到眼前的畫面，頓時心頭一緊。

「我好愛你們兩個，但你們不能再留在這裏。」
我慢慢地解釋給牠們聽。
「但不用擔心，我會請媽媽為你們找一個新家。」

我看着媽媽，
她露出一副以我為榮的樣子。

我對塔拉和貓王繼續説：「你們都認識妮妮，

她十分喜歡動物。

她家裏已經有一隻叫弗里克的倉鼠，

和一隻叫費加羅的貓咪，

還有一條叫桑雅的金魚。

而且妮妮的媽媽會做世上最好吃的雪糕！

在那裏你們一定不會覺得無聊，

我會常常去探望你們。」

我再次抬頭看向媽媽，

她走到電話旁邊，打給妮妮的父母。

接着，她轉過身來對我說：「告訴牠們，

妮妮一家都歡迎牠們呢！」

妮妮很快便趕到了我的家。

「喬治在哪裏？塔拉和貓王在哪裏？」她雀躍地問。

我走到她面前說：「跟我來吧，我必須告訴你一些牠們喜歡和不喜歡做的事情……還有，從今天開始，我會常常到你的家。」

　　「我知道，喬治，」她認真地回答，「我需要你的幫助。」

之後，喬治一直按時服藥，他不再
時常咳嗽和感到呼吸困難了。
　　而他一有空便會去探望塔拉和貓王。

　　有時看到牠們在妮妮家生活
得很好，一副不大想念老家的樣
子，喬治甚至會妒忌呢。

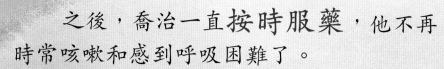

不過，塔拉和貓王似乎也有點吃醋……

因為喬治現在有了一個
妹妹——漢娜。

他很愛很愛她。

她也很愛很愛他。

雖然他不是隨時想把她摟着都可以。
她還會時常對他生氣，
而且不聽他的話。

不過這一點也無損
喬治對妹妹的愛。

喬治大力擁抱了妹妹一下，說：
「你知道嗎？我長大以後，
要養一大堆孩子和一隻小狗……
如果我沒有了哮喘的話。」

「但如果你還是有哮喘呢？」漢娜問道。

「那麼我就養一大缸魚和一大堆孩子好了。

我隨時想摟着他們都可以。
他們不會對我生氣，
而且會聽我的話！」喬治說。

漢娜抱住喬治的腰，興奮地說：

「有一天漢娜也會長大，

到時也會有人聽我的話了！」

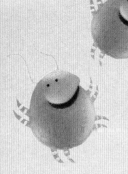

# 導讀：一個關於哮喘孩子的故事

　　呼吸就像心跳一樣，在我們的生命裏每時每刻都在進行着。然而，我們卻出奇地甚少留意到它。長期以來我們都把它的存在視為理所當然的事，只有直至開始感到不適，氣喘的現象出現，才突然讓我們感到擔憂。

　　哮喘是一種影響氣管的疾病，患者如接觸到刺激氣管的物質，便會引發氣管過度反應和導致氣管發炎。其病徵包括持續的咳嗽、氣促、胸口有壓迫感，讓患者有窒息的感覺。發作時間不定，對患者的生活造成不少影響。儘管醫學界對此疾病已有大量研究，但哮喘的病因至今仍未明確，已知的成因包括家族遺傳、環境因素及生活方式等。而引發哮喘發作的主要因素有呼吸道感染、接觸過敏物質或刺激物、天氣轉變、體力消耗，以及情緒壓力。此病通常與過敏有關，也會和其他過敏症同時發生。現代的藥物能有效地控制哮喘的病情。因此，越來越少人會因為哮喘發作而必須入院求醫，而且即使患有哮喘，也不會妨礙一個人成為優秀的運動員。

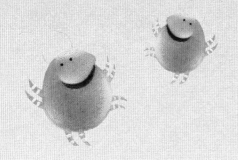

　　哮喘是兒童常見的慢性疾病，若孩子患上哮喘，兒童和家長都需要謹慎應對。兒童在日常生活中，要留意自己的各種限制，家長也應時刻關注子女呼吸方面有否不尋常的表現。不過其實能真正幫助患者處理這種慢性疾病的是醫護人員。哮喘治療需要長期服藥和加以適當的護理，而且患者必須避免接觸那些會導致過敏的刺激物。

　　溝通、理解和時間能使這種慢性疾病較容易被接受。本書向我們展示了一個孩子的認知過程，以及他的母親對他的關愛和照顧。作者以活潑生動的方式，描繪出書中人物在作出必要決定上的思慮，期望有助我們日後面對各種艱難的抉擇。

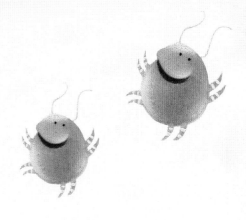

 兒童生命教育圖畫書

**特別的你・特別愛你 ①**

**再見了！我的貓咪小狗**
—— 一個哮喘孩子的故事

作　　者：Helena Kraljič
畫　　家：Maja Lubi
中文翻譯：潘心慧
責任編輯：劉慧燕
美術設計：何宙樺
出　　版：新雅文化事業有限公司
　　　　　香港英皇道 499 號北角工業大廈 18 樓
　　　　　電話：(852) 2138 7998
　　　　　傳真：(852) 2597 4003
　　　　　網址：http://www.sunya.com.hk
　　　　　電郵：marketing@sunya.com.hk
發　　行：香港聯合書刊物流有限公司
　　　　　香港新界大埔汀麗路 36 號中華商務印刷大廈 3 字樓
　　　　　電話：(852) 2150 2100
　　　　　傳真：(852) 2407 3062
　　　　　電郵：info@suplogistics.com.hk
印　　刷：中華商務彩色印刷有限公司
　　　　　香港新界大埔汀麗路 36 號
版　　次：二〇一五年二月初版
　　　　　10 9 8 7 6 5 4 3 2 1
版權所有・不准翻印

ISBN: 978-962-08-6238-0
Original title: "Elvis in Tara morata stran"
First published in Slovenia 2014 © Morfem publishing house
Chinese Translation © 2015 Sun Ya Publications (HK) Ltd.
18/F, North Point Industrial Building, 499 King's Road, Hong Kong
Published and printed in Hong Kong.